Helmut Zöpfl

Is des net a Grund zum Feiern

rosenheimer raritäten

Helmut Zöpfl

Is des net a Grund zum Feiern

Illustrationen von
Dieter Klama

rosenheimer

Meiner lieben Mutter
zum 80. Geburtstag
in Dankbarkeit gewidmet

Inhalt

So a Massl

Von de Haar in der Suppn

Spintisierereien

So a Massl

So a Massl

In unserer Muichstraß, da gibts guat und gern
ganz grob gsagt Trillionen von Stern.
Unser Sonnensystem is da drin vertretn
mit oana Sonn' und rundrum neun Planetn.
Davo is oaner aus dera Herde
unser Heimatstern, unser blauer, de Erde.
Fünf Erdteile gibts auf der, wia bekannt,
Europa is oaner davo mit vui Land.
Da drin is Deutschland a ziemlich kloans Fleckerl,
davo is Bayern aa bloß a Eckerl.
Und mia, du und i, mia hama des Glück
und lebn ausgrechnet in dem winzign Stück,
dem allerschönstn vom All, vom Planet.
A solchas Massl, des gibts ja fast net.
Oans zu X san de Chancen,
daßd lebn derfst in Bayern.
Sagts, is des vielleicht net a Grund zum Feiern?

Vom Droglaubn

De oana glaubn dro,
daß an nix dro glaubn müaßn,
weils alls wissn.
De andern glaubn dro, daß an nix dro glaubn müaßn,
weils alls besser wissn.
Aber eigentlich wiss ma
bloß oans ganz genau,
daß ma
de oan, de andern und sogar de ganz andern,
aa wenn ma an gar nix dro glaubn wolln,
am End amal
alle droglaubn müaßn.

Zeit für d'Zeit

Wer bloß drüber nachdenkt,
daß er ja koa Zeit herschenkt,
bloß rennt, und schnell rumfahrt,
für später sei Zeit spart,
fürs Heut se nia Zeit nimmt,
dem passierts, daß de Zeit kimmt,
in der er zwar kaannt,
aber gleichzeitig spannt,
de Zeit is davo,
in der er no ko.

Reiseentdeckungen

In Athen alte Tempel und Säulen
und net zu vergessen natürlich die Eulen.
In Italien unter anderm in Pisa
den schiafn Turm, in Paris d'Mona Lisa,
in Ägypten d'Pyramiden, d'Moscheen,
in Finnland Rentiere, Lappen und Seen,
in China ganz klar de chinesische Mauer,
in London an Nebel, Big Ben und an Tower,
in Ceylon im Tempel, an Eckzahn vom Buddha.
Den Ganges, den heiligen Fluß in Kalkutta.
. . . Auf a Reise, da kommst an sämtliche Eckn,
wost hischaugst, vui Interessantes entdeckn.
Doch de beste Entdeckungsreise ganz gwiß,
ob's weit weg oder ganz in der Näh wo is,
no allerweil derjenige macht,
der de Welt mit frohe Augn betracht.

Auf Weihnachtn wieder an Weihnachtn denka

Wia waars, wenn ma heuer beim Feiern und Schenka
auf Weihnachtn wieder an Weihnachtn denka?
In Gedankn a wengerl nach Bethlehem genga,
eihaltn a bisserl im Hetzn und Renna,
a bisserl mehr weihnachtlich aa da drinna
dankbar auf d'selbige Heilsnacht uns bsinna?
Net oiwei bloß d'Händ' grad aufhaltn,
von Empfänger öfter auf Absender schaltn,
a bisserl mehr gebn und a bisserl mehr teiln,
de andern beim Tragn helfa bisweiln.
Net bloß vom Guatn und Schöna redn,
sondern aa danach handln und aa danach lebn.
Wach san und auf de Gelegenheit paßn
und net alle viere bloß grad sei laßn.
Genau wia de Hirtn vom Schlafa aufwacha
und bal oaner oklopft, de Tür eahm aufmacha.
Wos not duad, a Liacht im Dunkeln ozündn,
as erste guate Wort wieder findn,
a bisserl mehr mitananander aa redn
und net bloß stur sei Meinung vertretn.

Des Redn vom Friedn net so auffaßn,
daß mia bloß selber wolln in Friedn wern glaßn,
um an Friedn se in der nächstn Näh plagn,
a bös' Wort verschlucka und liaber net sagn.
De Zeit net bloß mitm Jammern verliern,
net wehleidig bloß in uns selber neistiern.
Net in allem a Haar in der Suppn drin findn,
de Frohbotschaft fröhlich weiter verkünden.
A bisserl mehra von ihra betroffn,
wieder mehr glaubn und wieder mehr hoffn.
Net voller Angst in de Zukunft schaun:
»Fürchtet euch nicht!« Mia solln mehr vertraun!
An Blick auf des Zuagsagte Heil wieder lenka
und auf Weihnachtn drum wieder
an Weihnachtn denka.

Aufwecken

Und der Engl is komma und hats aufgweckt, de Leut:
»Wachts auf«, hat er gsagt, »und verschlafts net
de Zeit,
verschlafts net de Zeit, machts auf eure Augn,
sperrts auf eure Ohrn, horchts hi und deads schaung,
wachts auf«, hat er gsagt, »s'waar z'schad, wenns bloß
traamts
und über dem Traama was Wichtigs versaamts.«
Aa in unserer Zeit daads uns öfter net schadn,
wenn ma hin und wieder mehr aufwacha daadn.
Daß i aufwach und net bloß in mi einestier
und über nix anders wia mi nachsinier,
aufwach, daß i an mein Vorteil bloß acht
und de andern als Mittel zum Zweck grad betracht,
aufwach und mi aa für andere plag
und daß i, wenns is, mei Meinung aa sag,
aufwach vom Jammern und Wehleidigsei,
vom Grantln und Schimpfn bloß allerwei,
mein Kopf net in Sand grad oiwei neisteck,
sondern, daß i as Schöne um mi rum entdeck,
aufwach, und net bloß satt und bequem
verbrösl mei Zeit, verbrösl mei Lebn,
Aufwach aber aa von der Hetz ohne Sinn
und mi frag hi und da, warum i da bin.

Aufwach und frag, was wesentlich is
und daß i net ganz nach obn schaugn vergiß.
Aufwach und denk genau an de Nacht,
da wo der Engel de Botschaft hat bracht,
und net bloß de Hirtn as Heil hat verkündt.
Des Heil is für jedn, wenn ers bloß findt,
wenn er aus seim Schlaf, aus seim Traama aufwacht
und se so wia de Hirtn aufn Weg zu dir macht.

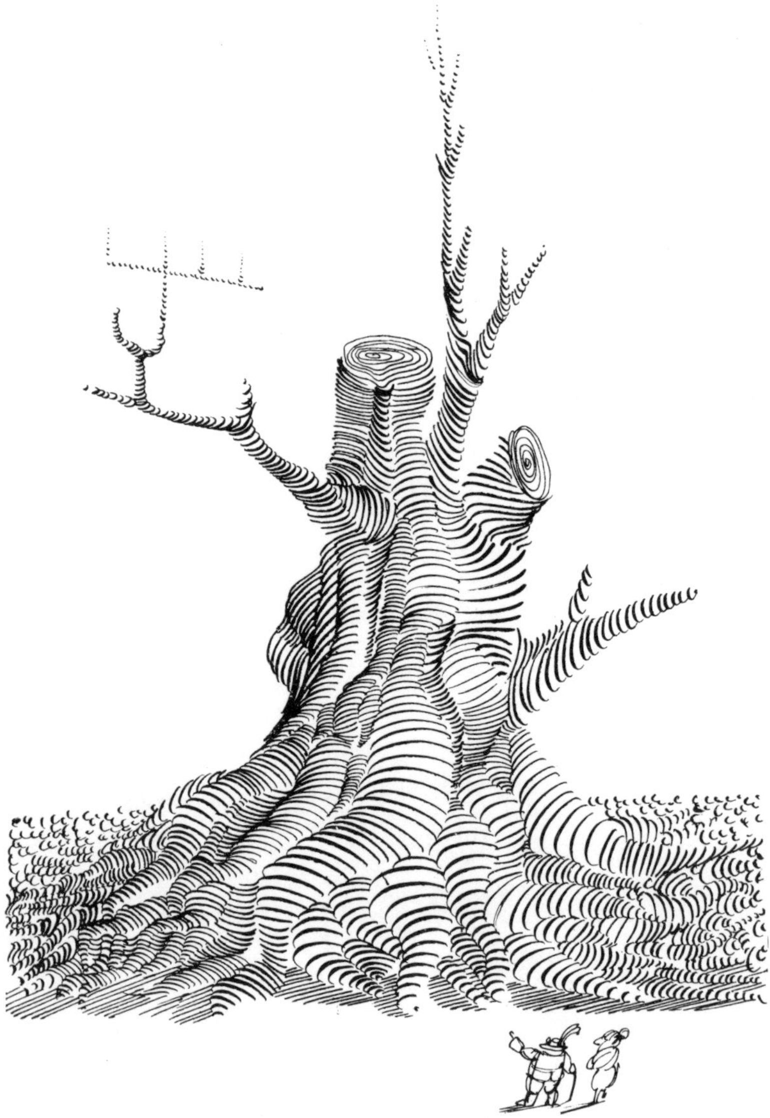

Ganz schee zünftig

Auf am Zunftfest im Mai
im Jahr Zwölfhundertdrei
da ham se dort zwoa,
stell dir des bloß so vor,
rein zufällig gwiß,
so wia des oft is,
a Frau und a Mo
troffa grad so,
ham se gfalln und ham dann
kriagt an Buam irgendwann.
Ausgrechnet der Bua
is dei Urururur
Urururahndl worn
und waar er net geborn
hätts des Ahndl net gebn,
waarst aa du net am Lebn.
Ob Zufall, ob Gschick,
für di wars a Glück,
denn sonst waarst du net da.
Und a Glück für mi aa,
weil i di sonst net hätt
und i find di recht nett.
Drum stoß ma drauf o
auf de Frau und den Mo,
auf des Zunftfest im Mai
im Jahr zwölfhundertdrei,
ohne des, wos ganz klar,
net so zünftig heut waar.

Ernüchterung

An Weitblick z'habn, denkts amal nach,
des is bestimmt a guate Sach.
Und aa as Fernsehn eppas taugt,
wenn ma net allerwei bloß schaugt.
Mitm Fernrohr siehgt ma allerhand
und vui davo is interessant.
Des Fern-Sehn werad aber dem
dann freilich doch zu am Problem,
wenn er vor lauter Weit-Sicht net
danebn an Blick fürs Nahe hätt'.
Wenn wer bloß des Entfernte siehgt
und net, was vor der Nasn liegt,
dem konns passiern im bsondern Fall,
daß er an Riß siehgt überall.
Alls, wo er hischaugt, is schlecht gstellt.
A Sprung geht quer durch seine Welt.
Schaugert in d'Näh der guate Mo
und schaugert se as Nächste o,
na kaam eahm de Ernüchterung:
Sei eigne Bruin hat bloß an Sprung.

Höchste Zeit

Bal ma dahoam bloß als Buid di no kennt,
der Stundenzoager im Schweinsgalopp rennt,
balst doppelt sovui Kaffee trinkst wia sonst,
net über di selber mal lacha mehr konnst,
bei jeder, der kloanstn Kloanigkeit plärrst,
balst deim Paßfoto oiwei ähnlicher werst,
dann denk dro, liaber Freund, dann is wieder soweit,
dann is für den Urlaub bestimmt höchste Zeit.

Sportstreß

Wennst an ganzn Tag
springa und laufa muaßt,
rumhupfa und rumturnen,
wennst bald rudern muaßt
und gegan Strom schwimma,
bald aber wieder radlfahrn und fechtn,

wennst di an ganzn Tag durchboxn muaßt
und um dei Existenz ringst,
bist richtig froh,
wennst abnds zur Entspannung
no a bißl an Sport treibn konnst.

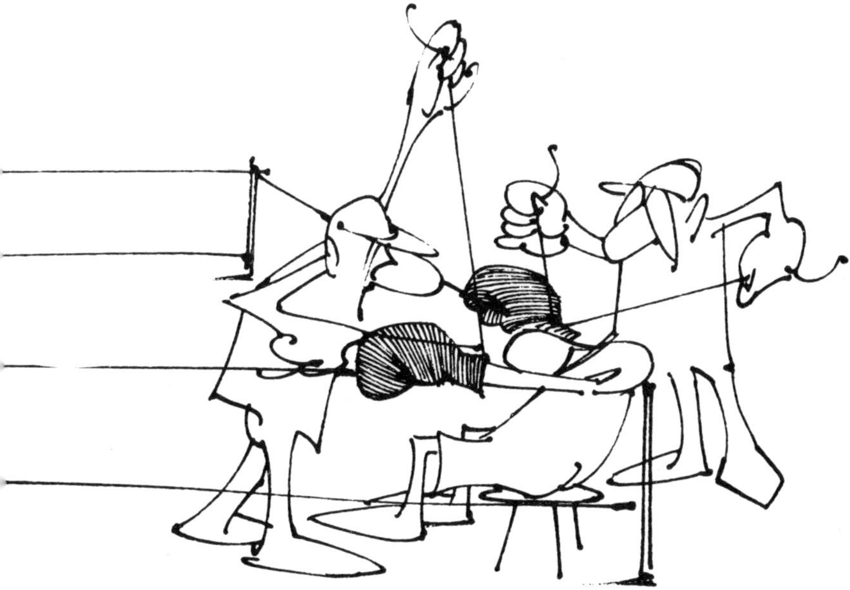

Einsicht

Des oane is ganz sicher richtig:
as Lebn is ziemlich lebenswichtig.
Und is aa, samma mal ganz ehrlich,
a Lebn lang ganz schee lebensgfährlich.
Doch kommt am End ma sowieso
im Lebn lebendig net davo.
Drum sollt ma zu der Einsicht kemma,
ma sollt as Lebn net ernster nehma,
wias so scho is auf unserm Stern.
Erst dann konns Lebn ganz heiter wern.

Der Weg

Irgendwo, irgendwann
fangt er o drin im Tann,
kommt raus dann ins Freie,
ins Helle und Neue,
wird nacha Weil na
stoanig und steiler,
geht wieder runter,
trifft se mitunter
no mit am weitern,
duad se verbreitern,
lauft krumm, bald grader,
gacher, bald staader
mittn durch Wälder,
sonnige Felder,
trennt se vom andern,
um alloa z'wandern,
werd wieder enger
und oiwei wen'ger,
is kaum mehr z'findn,
verlauft se ganz hintn
ins Dunkle wo eine:
Genau wia der meine.

Zuversicht

Wenn jetzt im Fruahjahr
nix abgstorbn mehr bleibt,
wenn der Strauch und der Baum im Hof wieder treibt,
wenn 'Knospn scho prall san vor Saft und vor Kraft,
wenn in allm drin was wirkt,
was spriaßt und was schafft,
wenn i sieg, daß a Quelln ausm Bodn wo rausspringt,
wenn as Liacht wieder hell ins Nachtdunkel dringt,
wenn der Tag wieder ausm Schlaf neu erwacht
und wenn wo a Kind sein erstn Schroa macht,
dann spann i, wia jede Trauer verfliagt,
weil der Tod wieder mal an kürzeren ziagt,
dann spür i in allem a Hoffnung drin schwebn:
as Lebn, des is stärker: as Lebn bleibt am Lebn.

Abstand

Wennst as Scheene wuist findn,
muaßt di plagn, muaßt di schindn.
Wer sei Heimat wui seing,
muaß am Hügel naufsteign,
muaß a weitere Streck
von dahoam amal weg.
Erst mit Abstand, vom weitn
laßt se besser alls deutn.
Zerst muaßt Abschied mal nehma,
na konnst wiederkemma,
konnst di zruck wieder bsinna.
Wer verliert, konn aa gwinna.

Lehrreich

Vierzehn Henna und sechs Böck,
fuchzehn Goaßn und oa Schneck,
dreizehn Ochsn und zwoa Stier,
siebn Esln und vier Küah,
neunzehn Hirschn, siebzehn Fackl,
Bärn und Affn ganze Packl,
drei Kamel, zwoa Elefantn,
vierzehn Gäns und lahme Antn,
Vögl komische ganz vui,
ja sogar a Krokodui,
dreizehn Schaf und ganz zum Schluß
aa no a Rhinozeros,
mehra wia im Zirkus no,
mehra wia im schönstn Zoo
hats zum hörn gebn und zum sehn.
Jedesmal is' wieder schön,
wenn i bloß a Stund sogar
mit meim Papa Auto fahr.

Ärgerlich

Liaber Gold in der Kehle
wia Suiber im Blick.
Liaber in der Fruah nix doa,
wia am Nachmittag arbatn.
Liaber gsund und reich
wia krank und arm.
Liaber an Sechser im Lotto
wiaran Achter im Radl.
Liaber a Maß Wiesnbier
wiara Wanne Eickel.
Ganz logisch, moants ihr? – Sonnenklar.
Des stimmt, und doch is sonderbar,
daß, wenns aa wissn alle Leut:
schöner wias Ärgern is de Freud,
trotzdem oa bloß verbringa stur
vui mehra Zeit mitm Ärgern nur,
wenn i da drodenk allerwei,
kaant i mi direkt ärgern glei.

Guat, daß was is

Daß durch irgend an Trix
was worn is aus nix,
daß überhaupts eppas is,
des wundert mi gwiß
oiwei wieder neu.
Denn es kaantat ja sei,
daß alles ganz laar
voll von garnixn waar.
Und mi wunderts danebn,
daß oiwei wieder Lebn
weiter se schenkt.
. . . Wer des bedenkt,
hat sei Lebtag an Grund
für an offenen Mund,
hat sei Lebtag lang Zeit,
daß am Lebn er se freut.

Alls net so wichtig nehma . . .

Leg di aufn Buckl hi,
schaug zum Himme nauf,
hupf auf a kloans Wolknschiff
und schaug runter drauf.
Siehgst des kloane Dings dort liegn,
da schaug bloß gscheit hi.
Konn des sei, daß i des bin?
Stimmt, des bin ja i.
Ma konns wirklich fast net glaubn,
daß des »bisserl Was«
se sonst gar so wichtig nimmt,
des da liegt im Gras.
Wenn i mi so recht betracht,
is zum Lacha fast,
wia ma se aus seiner Ruah
oiwei bringa laßt.
Steign ma öfter auf des Schiff,
denk ma öfter dro:
Wer nix mehr zum Lacha hat,
hat si selber no.

Stufen

Erst is no einfach in deim Lebn:
da hast no irgendwem danebn.
Der halt di fest bei deiner Hand
zoagt dir des unbekannte Land.
Doch bald scho, eher wia ma denkt,
kriagst dann de »große Freiheit« gschenkt.
Du bist alloa auf di jetzt gstellt
und neamad zoagt dir mehr dei Welt.
Jetzt irrst als wia im Labyrinth,
in dem ma se net zrecht mehr findt.
Da oder dort gehn Liachtln auf:
Du siegst a Stufn und steigst nauf.
De nächste Stufn, scho bist obn
und schaust a bisserl rum von drobn.
Und jede Stufn, werst as seign,
de hat was Bsonders, des ihr eign,
a jede Stufn hat ihrn Sinn,
is gleichzeitig Verlust und Gwinn.
A jede is auf ihr Art schee.
Doch derfst auf koaner länger steh,
nach vorwärts treibts di immer zua,
nia gibts a Pause, nia a Ruah.

Da kriagst a Zeichen, da an Wink,
dort is a Ampel, de wo blinkt,
da is a Abgrund, da a Spalt,
da is a Glander, da a Halt.
Und irgendwann fragst mittndrin:
Wo geht de ganze Treppn hin?
Du spannst bloß, du bist aufm Weg,
findst bald a Stufen und an Steg.
Du woaßt, de Treppn hat a End,
ob ma ganz langsam steigt, ob rennt.
Kurz oder lang, früah oder spät
erfahrt ma dann, obs weitergeht
und ob am End' de Treppn gar
selbst bloß a kloane Stufn war.

Menschen

Große, kloane, dürre, fette,
freundliche und net so nette,
lustige und Optimistn,
grantige und Pessimistn,
lätscherte und gstinkerte,
schnellere und flinkere,
hatscherte und guate Läufer,
Bierdimpfln und Kracherlsäufer,
staade oder gschnappige,
gscheite, bläde, dappige,
ehrlich-offene, verdruckte,
ganz normale, ganz verruckte.
. . . Wo ma hischaugt weit und breit:
d'Menschen san scho seltne Leut.
Aber sans no so verschiedn,
's bleibt nix übrig wia, daß z'friedn
mia doch mit de Menschn san,
weil ma koane andern ham.

Vom Seilassn

Siegst, wia alles reift,
wia alls wachst, wia alls werd.
De Sonna laßt wachsn,
de Erdn de nährt.
Schau hi auf de Graserl,
de Blumen am Feld,
und halt di net grad
fürn Nabel der Welt.
Glaub net, daß du selber,
bloß du ganz alloa
alls schaffn kaantst
und alls müaßast doa.
Laß di ruhig amal los,
laß di ruhig amal ei
aufs Seilassn bloß
und laß alls ruhig sei.
Laß dir Zeit und wart ab,
laß ab von der Hast.
Wer rennt bloß und hetzt,
hat oft s'Schönste verpaßt.
Leg di eine ins Gras
und traam vor di hi.
Laß as Lebn bloß einfach
runterrenga auf di.

Was zählt

A Sprichwort hoaßt, daß unser Welt
regiert wird bloß von oam, am Geld.
I gibs gern zua, an ganzn Haufa
konnst dir, wennst 's Geld hast, wirklich kaufa:
Fürs Geld konnst dir kaufa a Riesentrumm Haus,
aber Gmüatlichkeit net, da laßts mitm Geld aus.
Unterhaltung konnst kaufa für kürzere Zeit,
aber kaufa konnst net a wirkliche Freud.
Für Geld konnst dir kaufa a wunderschöns Bett,
an Schlaf, an ganz ruhigen, dagegn wieder net.
Überall konnst dir kaufa a teure Arznei,
doch de seelische Gsundheit is für Geld net dabei.
Gscheite Büacher für Geld kriagst zentnerweis gar,
an Hausverstand aber kriagst aa net für bar.
De Wäsch und as Gwand kriagst sauber für 'n »Schein«,
Aber 's Gwißn, des kriagst aa mit vui Zaster net rein.
A Fahrkartn kaufst für jeds Zui auf der Welt,
bloß a Kartn für'n Himme kriagst net für alls Geld.
Vielleicht kriagst genau alls des net für Geld,
was wesentlich is und was wirklich zählt.

Geh weiter

De Sonna hängt in der Nachmittagshöh
über a Gumpn abseits vom See.
Koa Laut is zum spürn, koa Gras, wo se rüahrt.
Sogar de Libelle, wo über mir schwirrt,
schaugt aus, wia wenns in der Luft drobn steh daad,
und alls um mi rum is ganz muchsmäuserlstaad.
I hab fast a bisserl des bsondere Gfui,
de Zeit steht für an Augenblick stui:
Wia von der Ewigkeit rüber a Spur.
. . . Da schepperts auf oamal. Und weg is de Ruah.
Aus am Transistor raus in der Näh
hörst oan plärrn des Gedicht:
Zeit, geh weiter, bleib steh!

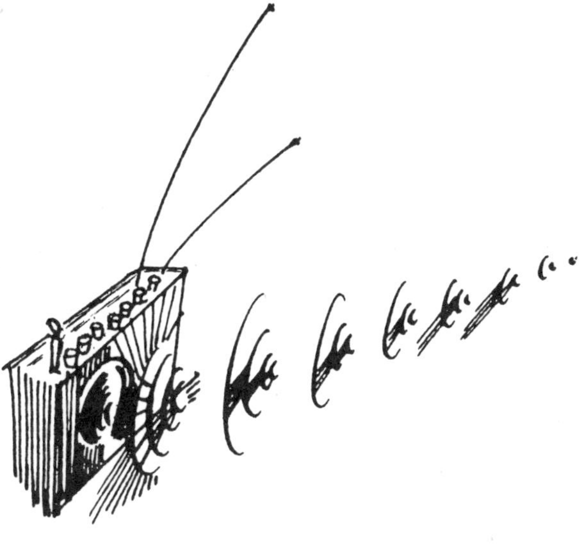

Zeitgemäß

Es konn sei,
daß was an der Zeit is,
daß' höchste Zeit für was is,
daß der Mensch net oiwei
hinter der Zeit herhinkn konn.
Und daß allerwei wieder
was anders unzeitgemäß is.
Ma muaß aber aa
auf d'Zeit aufpaßn,
damit des Zeitgemäße
net menschenungemäß is.

Von de Haar in der Suppn

Weihnachtsspuizeug

An Rambo, wiara grad in Äktschn is
und alls kurz und kloa schlagt,
an Way-Fung, den wuidn Hund aus der Fernsehserie
mit bewegliche Arm und Füaß,
wo ma de Karatschläge naturgetreu eistelln ko,
a ganze Burg voll von dene greana Rancare-Monster,
a bitterböse Bruat und bluatrünstiger
wia der Dracula und der Frankenstein mitanander,
de ganze Mannschaft vom »Krieg der Sterne«,
ausgrüst mit de neuestn Laserpistolen
und natürlich de neuestn Modelle
von Panzer, Kriagsfliager und Raketn . . .
Alles aus Plastik und unverwüstlich
wirklich schöne Sacha hab i heuer wieder
meine Kinder für Weihnachtn kauft.
Und net zu vergeßn natürlich:
a Kripperl, wo a Engerlchor
auf Knopfdruck de Weihnachtsbotschaft
vollautomatisch singt:
»Friede den Menschen auf Erden«.

Wunderbar

A wunderbarer Weichspüler,
des neue Waschwunder,
a wundervoller neuer Spray,
Chemix, der Klo-Wunderreiniger,
wunderschöne neue Autobahnen,
Wunder der Technik,
Wunderwelt der Chemie.
Neue Wunderwaffen.
Wenn ma de Natur
no mit mehra solchene Wunder verwunden,
is koa Wunder,
wenn ma uns no wundern wern.

Eigschalt

Wenn ma an ganzn Tag
im Berufslebn eigschalt gwesn is,
sozusagn auf Schaltstation war,
am Schalterhebl gseßn is
und schnell schaltn hat müaßn,
damit ma net ausgschalt werd,
is ma froh, wenn ma abnds
endlich amal abschaltn kenna,
und drum schalt ma
so schnell wia möglich
an Fernseher ei.

Auskunft

Gengans durch de vierte Türe
oiwei gradaus na den Gang
und dann zwanzig Meter viere
bis zur sechsten Tür entlang.
Tretns durch und fahrns von da aus
in den viertn Stock mitm Lift
und marschierns dann wieder gradaus
wo der Gang auf d'Treppn trifft.
Auf der steigns zwoa Stockwerk nauf na
und dann gengans scharf nach links.
Jetzt müaßns a Stückl laufa
und dann seihngs a so a Dings,
so a Art von Hennaleiter.
Bei der biangs jetzt ab dann glei,
gehns den schmalen Gang dort weiter
an dem gelbn Schrank vorbei.
Kurz nach links und glei dahinter
stoßns direkt scho mitm Fuaß
auf de Tür. Und da beginnt er,
der Gedächtnistrainingskurs.

Gnua Kultur

Wia des wohl mal waar
in a paar tausend Jahr,
wenn von unsrer Kultur
a typische Spur
ma aus Trümmer ausgraabat,
was da zum seihng gabat:
statt de antikn
Gefäße, Plastikn
Plastikflaschn
und Wegwerftaschn.
Statt Pyramidn
vom altn Ägyptn
faandatns hernach
bei uns da Neuperlach.
Statt a Statue vom Zeus
an Ölfleck von Beuys.
Statt der Nofretete
a Videokassette
mit Sue Ellen aus Dallas,
statt a Freske der Pallas
Athene a Foto
von Didi und Otto.

Statt Lied der Nibelungen
as Kufsteinliad gsungn
vom Bierhofer auf
a Schallplattn drauf.
Statt am Sophokles Stück
faandatns jetzt
Franz Xaver Kroetz
und Achternbusch.
Darauf an Dusch!
Und i sag bloß dazua:
Von Kultur hama gnua.

Was waar . . .

Was waar, wenns des gebat,
wenn ma oan Tag erlebat,
wo nix Schlimms net passierat,
nix Greißlichs se rüahrat.
Wo neamd wen umbringat,
mit Gewalt zu was zwingat,
wo neamd wem dastechat,
wo koaner eibrechat,
wo neamad betrüagat,
koa Staatsmann net lüagat,
koa Geißel ma raubat,
wo neamad net glaubat,
er müaßt was entdeckn,
um d'Menschn zu schreckn,
oan Tag bloß oamal
ganz ohne Skandal,
net *oa* Katastrophn . . .
Des waar klar und offn,
weil ohne Interesse,
a Katastrophe für d' Presse.

Gemeinsamkeit

Da sollt nomal oaner sagn,
unsere Politiker hätten nix mehr gemeinsam.
Neulich hab i aber a Debatte ghört.
Da warn se se doch alle
oaner nach dem andern einig
und ham gemeinsam festgstellt,
daß der ander net recht hat.

Gwalt

Zerst hat er sein Vordermann
ans Schienbein tretn,
dann hat er seim Nachbar zur Rechten
an Huat über d'Ohrn zogn,
hernach seim Nachbarn zur Linkn
d'Fahna aufn Kopf naufghaut,
seim Hintermo
an Magnschwinger gebn,
dem schräg vor eahm
ins Ohr neibißn.
Und dann is er erst richtig bös worn
und hat a paar Bierflaschn
unter d'Leut neigschmißn.
Alls, was eahm unter d'Finger komma is,
hat er kurz und kloa gschlagn,
der Fuaßballfan.
Aber ma muaßn scho versteh:
Er hat se halt über des Foul
von dem Verteidiger so ärgern müaßn.
Und oans konn er halt überhaupt net vertragn:
Gwalt.

Buidungsweg

Wenn ma se des heutzutag vorstellt:
Ganz früahra ham de Menschn
net lesn und schreibn könna
und ham se bloß mit *Buidl* verständigt,
dann hams de *Bild*schrift erfundn,
wos für jeds Wort a eigns *Buidl* gebn hat,
dann de Silbenschrift
und dann de Buchstabn.
Jahrtausende hat
der *Buidungs*vorgang dann dauert
von de *Buidl*
über de Hieroglyphen,
de Keilschrift
und as Alphabet
bis zum heutigen Tag, wo d'Leut
stundnlang vorm *Buid*schirm hocka.

Laßts uns in Friedn

Friedensgespräche.
Friedenskonferenzen.
Friedensgipfeltreffen.
Friedensdebatten.
Wost aa hischaugst: Überall
laßns Friedenstauben fliagn.
. . . Da muaß ma direkt was
dagegn unternehma und
gega de Vögel
vorsorglich neue Raketn aufstelln . . .,
damits net no zur »Friedenstaubenplage«
kimmt.

Vom Fahrn und Geh

Auto gfahrn,
z'schnell gfahrn,
vorgfahrn,
neigfahrn.
Als Vorfahr
seine Nachfahrn
voro-ganga.

Naturerschließung

Indem daß ma
im Lauf der Zeit
der Naturerschließung,
Straßn, Autobahnen, Seilbahnen etc.
oiwei mehra Raum gebn habn,
is für d'Natur schließlich
im Lauf der Zeit
oiwei weniger Raum
eigramt wordn.

Fortschritt?

'S letztmal hab i an Fuim gseing
über de Urmenschen in Australien.
Mei wie de primitiv lebn!
Eßn und trinka
und Feste feiern.
Bloß des doa, was eahna grad paßt.
Und de ganze Zeit
laßn se se mit allm bloß Zeit.
Net amal Uhrn hams no,
mit dene wo se se
eahna Zeit eiteiln kaantn.
Und ohne Zeiteinteilung
gibts halt koan Fortschritt.
. . . Wenn i dagegn uns oschaug:
Höchste Zeit is.
Pressiern duats.
Zeit is Geld.
Tempo, Tempo.
Na, i hab koa Zeit.
Schick di a bisserl.
Koa Zeit zum Zeitlaßn.
A bisserl schneller, wenn i bittn derfat.
Bloß net den Termin verpaßn.
Woaßt du, wia spät daß scho is?
Schaug amal auf d'Uhr!
Da siehgt mas, daß mia
scho zeitbewußter lebn.
A Riesenfortschritt
von de Urmenschn
zu uns Uhrenmenschen.

Wenn . . .

Wenn ma des schaffat,
daß der Dallas mitm Denver Clan raffat,
de Biene Maya an Nils Holgerson stechat,
der Derrick beim Schimanski eibrechat,
und der Alte eahm schnappat,
wenn das amal klappat,
daß der Karajan de lustign Musikantn dirigierat
und der Pumuckl de Heide verführat,
de Hellwig an Placido Domingo dazua bringat,
daß er an Erzherzog-Johann-Jodler singat,
der Gorbatschow mitm Reagan beim Elstner wettat,
daß mitm Wettrüstn a End endlich hättat,
der Boris Becker an seim Tennis-Arm lahmat
und in de Schwarzwaldklinik neikamat,
de Dohm Gabi mitm Wussow den Schadn behebat,
was moanst, welche Einschaltquotn des nacha gebat.

ENDE

Rollen

Heutzutag, wo de Menschen
so vui Rolln spuin müassn:
de geschlechtsspezifische,
de altersspezifische,
de berufliche,
de wirtschaftliche,
de gesellschaftliche,
de politische
usw.,
kommens oft gar nimmer
zur menschlichen.

Natur

Früher habn de Philosophen gstrittn,
ob de Natur guat is oder schlecht,
freundlich oder feindlich.
Jetzt werds bald a End habn
mit der Streiterei, weil ma spanna:
De Natur is bald lediglich
no oans:
hi.

Schlecht gfahrn

Je mehra daß ma bloß no fahrn,
desto mehra muaß ma erfahrn,
daß ma oiwei schlechter fahrn.

Je mehra daß bloß no der Fernseher geht
und je seltener daß ma selber genga,
desto weniger geht uns auf,
was uns alls abgeht,
damits uns wirklich guat geht.

Wenn uns des net schee langsam eigeht,
kaants sei, daß ma eigenga.

Untersuchungen

Des, was in ara Untersuchung
rauskemma is,
daß Untersuchungen, de wo se
lediglich mit Untersuchungen beschäftigen,
in Zukunft sorgfältiger
untersucht werden sollen,
waar eigentlich a Thema
für an Untersuchungsausschuß.

Prinzipiell

Wenn oaner sagt:
Es geht ma net ums Geld,
na konn ma prinzipiell davo ausgeh,
daß eahm im Prinzip
bloß ums Geld geht.

Zukunftsangst

Habn vor der Zukunft lange Zeit
de Menschen Angst ghabt, so is' heut
so, daß de Zukunft jetzat scho
Angst vor de Menschen kriagn ko.

Die Wende

'S werd scho wern, hab i oft gsagt,
und i hab mi oiwei plagt
wia i zoag, daß' Lebn gwiß,
wenn ma lurt, was Scheens doch is,
wo se lohnt, daß mas entdeckt,
daß mas siehgt, hört, riacht und schmeckt,
und daß, wenn ma richtig schaut,
Grund gibt, daß ma no vertraut,
an was glaubt und auf was hofft,
daß aa aufwärts geht recht oft
und scho wieder wern mal werd . . .
Doch dann hab i oiwei ghört,
dieses wäre kritisch nicht,
denn im kritischen Gedicht
derfst entdecken niamals drin
wo an positiven Sinn.
Kritisch richtig der bloß liegt,
der wo grad as Schlechte siehgt,
dem de Suppn dann bloß schmeckt,
wenn er drin a Haar entdeckt.
Und drum suach i jetzat bloß
solche Sacha zsamm, da wo's
drum geht, daß alls schiaf nur lauft.
»S werd scho schiaf geh«, hab i's tauft.
Oiwei, wenn ma glaubt, 's gaang auf,

kriagt ma aa scho oane drauf.
Welchen Weg ma geht, bestimmt
gehts bergauf und gegan Wind.
Wennst was suachst, na findst dessell',
oiwei an der letztn Stell.
Jede Suppn is beim Eßn
auf dein neuen Schlips verseßn.
Dann wennst goßn hast grad no,
fangts sofort zum renga o.
Jedes Butterbrot, des fallt
auf de Butterseitn halt.
Alles, des was war, war echter,
alles des, was kommt, werd schlechter.
Alles werd tagtäglich schlimmer,
Sogar 's Weihwasser werd dünner.
. . . Optimismus is, wia gsagt,
heutzutag halt nimmer gfragt.
Und drum hab i, wiast siehgst, jetzt
ganz auf Pessimismus gsetzt.
Warn de Vers a Anfang no,
geht's bei mir erst richtig o.
Und bestimmt in kurzer Zeit,
bring is' zur Vollkommenheit.
Meine Damen, meine Herrn,
werd ses seihng:
Es werd scho wern.

Nacha . . .

Wenn der Mensch trotz Megatonnen Bomben
aus Wasserstoff und Neutronen,
trotz SS 20, Pershing oans –, Pershing zwoa Raketn
und dem, was no in der Hinterhand hättn
an chemisch-biologische Vernichtungswaffen,
wenn ses also trotzdem net schaffen,
daß de Welt in d'Luft jagn,
und der Weltuntergang
kaam de Menschen zuvor,
nacha, ja nacha
müassat i lacha.

Spintisierereien

Hispintisiert

Was in am Jahr is, morgn, in drei Stundn
oder in drei Minutn, ja in oaner Sekundn,
des is no net da, des woaß ma bestimmt,
weils erst passiern werd, weils erst amal kimmt.
Und des, was passiert is, was gwen is, was war
grad jetzat erst, oder scho vor am Jahr,
des is aa nimmer da, des is verganga, vorbei,
konn bestenfalls in der Erinnerung sei.
Und des, was jetzt is, im Augenblick grad,
is weg, bevor ma's scho richtig gspannt hat.
Is bloß a kurz Treffn zwischen gestern und morgn
und hat se, bis schaugst, bloß ins Früahra verlorn.
Nia is was da: Ma wart auf was bloß,
und bis ma's recht merkt, is ma's scho wieder los.
Nix laßt se so schwer derhaltn wia d'Zeit.
Wennst des überlegst, da fragst di dann gscheit:
Is eigentlich sicher, is eigentlich gwiß,
daß irgendwann irgendwas irgendwo is.
Vielleicht is doch alls bloß a ganz fauler Trix
und in Wirklichkeit waar dann vielleicht nix wia nix.
Aa er net und es net, net du und Sie,
neamd waar, wenns nix gibt, ja net amal i.
Wenn des a so waar, waar jeds Wort jetzt a Schmarrn
und i kaant ma de Spintisiererei sparn.

Sprachgewaltig

As Amtsdeutsch,
de Computersprach,
de Sprechblasn von de Comics,
der Werbeslogan
und as Fachchinesisch.
. . . Wenn des nix is.
Heutzutag wachsn
fast alle mehrsprachig auf . . .
Da fallts gar net so ins Gwicht,
daß ma oans oiwei mehra verlerna:
d'Mundart.

Vergeßlichkeit

Da heilige Dings,
der heilige, geh sag mas halt,
der heilige, ja gibts denn des aa,
der heilige, oh mei,
mia liegt er auf der Zunga,
der Dings, der heilige,
moanst mir fallert jetzt ei,
grad hab i'n no gwußt,
wia hoaßt er denn jetzt glei,
der heilige Dings da,
der Schutzpatron gega Vergeßlichkeit.

Zwing-Zwang

Jedn Tag zwing i mi,
daß i mi aus irgendam engen Zwang
rauszwäng.
Und zwengs dem Rauszwäng-Zwang
kimm i oft gar nimmer
zu meiner Emanzipation.

Masse

Wennst de heut so siehgst
im Fuaßballstadion
oder bei große Veranstaltungen
von irgendwelche Schlagersänger,
aber aa bei Politiker,
dann fragt ma se oft,
wia des möglich is,
daß se de Leut, wenns so vui
auf oamal san, so aufführn.
Da kann ma bloß sagn:
typisch Masse.
Aber de Masse,
des san ja im Grund mia alle.
Selbstverständlich ausgnomma
du und i.

Eroberungen

An altn Alerich und den Theoderich,
an Karl den Großen,
an Kaiser Heinrich,
an Friedrich Barbarossa,
an Prinz Eugen,
an Wallenstein,
an Friedrich den Großen
und so weiter . . .
gewaltige Heerführer und Eroberer
hama ghabt in unserer Geschichte.
Von der Maas bis an die Memel,
von der Etsch bis an den Belt
und no weiter sans komma gwesn,
de deutschen Eroberer.
Aber wennst heutzutag rumschaugst:
de Riviera, de ganze Adriaküste, Mallorca,
Gran Canaria, Kenia,
ja sogar Thailand und
Sri Lanka,
überall ganze Heerscharen
von Germanen,
und wennst as so redn hörst:
alls fest in deutscher Hand . . .
Dann muaß ma wohl oder übel feststelln:
de bedeutendstn
deutschen Heerführer und Eroberer
aller Zeiten hoaßn: Jahn und Neckermann.

Weihnachtsfeier

Weil ma christlich san, gibts heuer
wieder unser Weihnachtsfeier.
Freibier und der Sekt san gratis,
eßn konn ma, bis ma satt is.
Und beim Nikolaus gibts nacha
allerweil an Haufa z'lacha.
Der verzählt dir Witz, da wo
i sogar no rot werdn ko.
Dann de Tombola mit Preise
ganz gewaltige, a Reise
gar nach Thailand is dabei.
Warns scho dort? Des lohnt se fei.
Nachher spuit a Tanzkapelle
heiße Musi und a schnelle,
wo i rumhupf mit meim Ranzn,
bloß der Christbaum stört beim Tanzn.
Richtig zünftig gehts no zua,
bis um zwoa, drei in der Fruah.
Feierlich werd Schluß gemacht
mit dem Liede »Stille Nacht«.
Jedes Jahr da is a neuer
Höhepunkt der Weihnachtsfeier,
wenns so würdig is und schee.
Humpa, humpa, tätärä!

Wiederholungen

Oans versteh i net,
des versteh i und versteh i net,
i möcht bloß wißn,
wißn möchat i,
wo er, ausgerechnet er, er
des her hat,
also wo er des bloß her hat,
des möchat i gern wißn,
und des versteh und versteh i net,
daß er so vui Wiederholungen,
so vui Wiederholungen
und immer wieder Wiederholungen bringt,
hat de Muatter
vom Fernsehredakteur gsagt.

Wanderlust

Mei Vater war a Wandersmann,
drum scheints, packt mi aa dann und wann
unwiderstehlich eine Kraft:
die große Wanderleidenschaft.
Spann i dann, wias in mir drin zuckt,
wias mi in meine Haxn juckt,
laß i der Wanderlust ihrn Lauf,
spring auf und setz mein Walkman auf,
leg mi aufs Sofa, und dabei no
lausch i am Wanderliad vom Heino.

So is halt amal

So is halt amal
und so san halt de Leut:
Der oa is fanatisch
gegn Kriag, Kampf und Streit,
der ander dagegn
is energisch fürn Friedn.
Und zwengs dera Differenz
werd na gstrittn.

So a Arbat

Gestern hab i dafür garbat,
daß i heut für morgn arbatn konn,
denn morgn muaß i ja für übermorgn arbadn,
weil i übermorgn fürs Später vorsorgn möcht.
Ja ma muaß scho sei Gegenwart nutzn,
damit ma in Zukunft amal
auf a sinnvolle Vergangenheit zrückdenkn konn.

Für d'Katz

Gleich ob ma schreitet oder hatscht,
in Lackschuah oder Schlappschuah latscht,
ob ma dahikriacht, Zeit se laßt,
oder mit Spikes als Sprinter rast,
gleich ob ma reit, trabt, galoppiert
oder im Gleichschritt losmarschiert,
ob mit am Rennwagn, mit der Kutsch,
Geländewagn, Radlrutsch,
gleich ob ma durchfahrt Tag und Nacht
Touristenklasse, Luxusyacht,
gleich ob ma se a Flugzeug nimmt –
für d'Katz alls, wenn net d'Richtung stimmt.

Oanerseits, andrerseits

Wenn i mia oanerseits überleg,
daß so liabe Viecherl
wia de Dinosauriere
mit eahnare langa Häls
und dem lustign Köpferl
oder de Mordstrümmer Mammute
mit eahnare gschwungan Zahnderln
und dem rothaarign Elefantngstell
aussterbn ham müaßn
und daß so a lästigs Viechzeug
wia de ganzn Bazillen und Viren
hat übrig bleibn derfa,
na kaantst glei direkt
a Riesnwuat kriagn auf
de sogenannte Entwicklungsgeschichte.
Aber wenn i mi andrerseits wieder umschaug
und siehg,
daß' so nette Leut
wia di, eahm da und sie
übrig laßn hat,
na bleibt ma eigentlich
gar nix anders übrig
als wia daß i sag:
A Prost auf de Evolution!

Traum

Scho oft is ma ganga
so in der Nacht,
daß i traamt hab was Schlimms
und bin dann aufgwacht,
hab ma denkt
Gottseidank: a Traum is bloß gwen.
Und oft is passiert mir
aa scho dagegn,
daß i traamt hab was Scheens
und bin aufgwacht dabei,
war traurig dann drüber,
daß der Traum is vorbei,
daß der Traum net as Lebn,
de Wirklichkeit is.

. . . Aber woaß
man des eigentlich
wirklich ganz gwiß?
Kaants net sei, daß i aufwach
und dann werd mir klar,
daß a Traum mei Lebn,
a traamter bloß war.

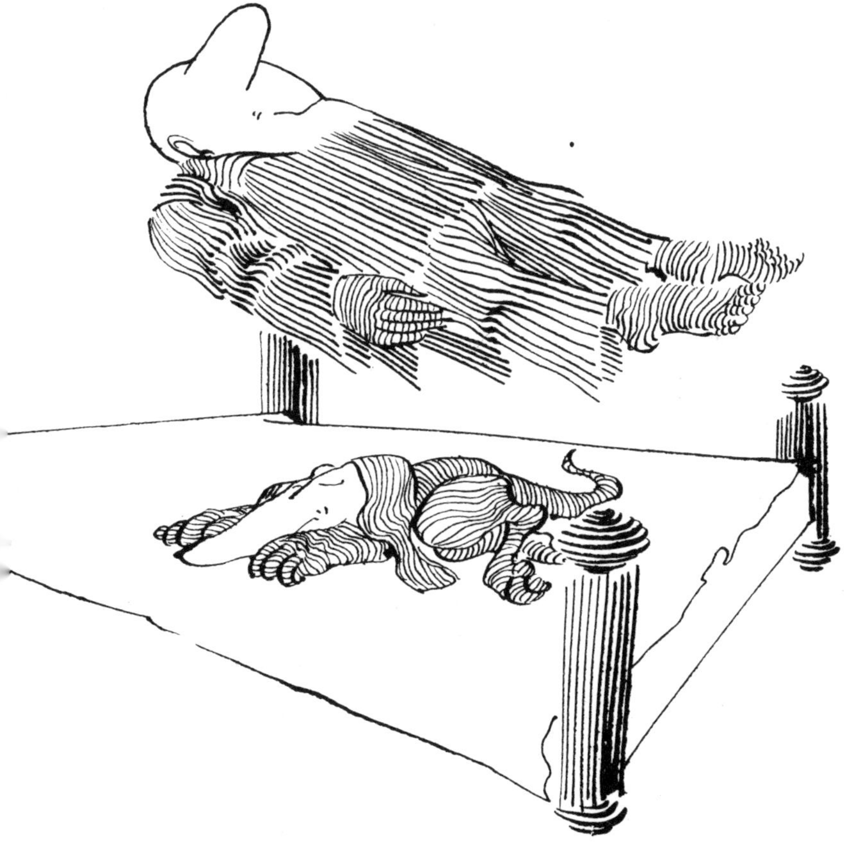

Zufall?

Wenn i an a Baustell
Ziaglstoana, Zement, Holz und Glas
hifahrn lassat
und drauf wartn daad,
daß irgendwann amal
a Haus draus wuarad,
wenn i fuchzehntausend
verschiedene Notn, halberte,
viertelte und achtelte,
a paar Notnschlüssel und Takte dazua
in an großn Würfelbecher eine daad,
mischat und moanat,
irgendwann wuarad i scho
sowas wia de neunte Symphonie
vom Beethoven hinwürfen,
wenn i desselbe, sagn ma amal
mit a Million Buchstabn
doa daad und moanat,
i kaant irgendwann amal an »Faust«
oans oder zwoa rauswürfeln
oder, bal i de verschiedensten Ölfarbn,
a Leinwand und an Pinsel
wo hinlegat und moanat,
amal werd scho
des Buidl vom Spitzweg
sein arma Poetn rauskomma
oder de Apostel vom Dürer draus wern,

ja wenn i bloß
de paar Stückl von am Puzzle-Spui
oiwei wieder schütteln daad
und im Glaubn waar,
daß dann scho amal
des ganze Buidl
durch Zufall z'stand kaam.
. . . Wenn i des machat,
daad nacha jeder gwiß lacha
und sagat: »Rein wissenschaftlich
a Schmarrn.«
Aber wenn oaner behaupt,
as ganze Weltall,
de Stern, unser Planet,
as Lebn drauf,
de Pflanzn, Viecherl
und mia Menschen, du und i,
alls waar rein durch Zufall entstandn,
nacha
werst lacha
konns durchaus sei,
daß ma zu so am Schmarrn
»Wissenschaft« sagt.

Morgengruß

Schaugn bloß o,
wiara wieder ausschaugt.
Jedn Tag desselbe:
ungwaschn, unrasiert,
übernächtig und grantig.
Net der kloanste Lachera
kimmt eahm aus.
Da langts ma scho
allerwei in der Fruah,
wenn i mir den Kerl oschaugn muaß
im Spiagl.

Ansichtssachen

Am Sonntag fruah im Januar:
A Mo kommt, der hat aufgladn schwaar,
seine zwoa Ski, an Rucksack no.
Und dem entgegen kommt a Mo,
der hat leicht gladn, in dem Fall
ganz anders, denn *der* kommt vom Ball.
Der oane gfreut se auf d'Natur,
der ander auf sei Bettstatt nur.
Wenns aa verschieden san bestimmt,
denkt jeder gleich:
Der ander spinnt.

Seltn a Schadn, wo net a Nutzn dabei is

Bei jedm Schadn, so hoaßts zwar,
ganz gwiß aa no a Nutzn waar.
Doch wenn i in der Zeitung lies,
wo überall a Gift drin is
in unsre Tag. Wos'd bist
und was'd aa eischnaufst, trinkst und ißt,
na frag i bei dem Schadstoff fei:
Wo soll denn da a Nutzn sei?
Und trotzdem, wer se richtig plagt
und oiwei nach dem Guatn fragt,
entdeckt: Weils koane Kalorien hat, fett
macht wenigstens des Gift oan net.

Paradox

Net renna,
se ausruahn kenna,
se Zeit laßn,
auf d'Uhr net paßn,
ausschnaufa, net laufa,
was staad doa . . .
des ganz alloa
waars Lebn.
Und deswegn
sagn mia dazua:
Lebenslauf.

Oaner langt

Kommt ma se bei Gelegenheit
recht guat vor oder besonders gscheit
und moant dann, daß ma selber grad
an Stein des Weisen gfundn hat,
buid se no ei, daß s' auf der Welt
am allerbesten wohl waar gstellt,
wenn alle Leut, wia i alloa
so denka daadn, s'selbe doa,
glaubt weiter gar, daß ma erziahgt,
den andern, wenn ma'n formt und biagt,
daß er genau aa so wia i
werd, direkt mei Kopie,
dann schaugt ma se, ob Frau ob Mo,
am bestn kurz im Spiagl o
und spannt schnell, wenn ma ehrlich is:
oaner wia der da langt ganz gwiß.

Wanderzeit

Lockten einst Wald, Sonn', Sterne
den Menschen in die weite Ferne,
dann schnürte er in aller Ruh
voll frohen Muts die Wanderschuh
und stimmte frisch das Liedchen an:
»Auf, auf, du junger Wandersmann!«
Sodann erklangs aus voller Brust:
»Das Wandern ist des Müllers Lust.«
Auch heut bringt uns die Wanderzeit
noch immer große Lust und Freud.
Wir treten, will Natur uns locken,
aufs Gaspedal und fahrn zum Joggen.

Recht

Ja er waar recht:
nag er in seiner rechthaberischen Art net sagn,
daß eahms recht wurscht waar,
ob er recht hätt
oder ob i recht hab.
Aber i hab eahm recht deutlich gsagt,
daß er bei mir an den Unrechtn kaamat.
Recht, hab i gsagt, muaß Recht bleibn.
Hab i net recht?

Zweite Auflage
© 1987 ISBN 3-475-52552-6

Dieses Buch erscheint in der Reihe »Rosenheimer Raritäten« im Rosenheimer Verlagshaus Alfred Förg GmbH & Co. KG, Rosenheim.
Es wurde gesetzt von Bruno Leingärtner in Nabburg, gedruckt in der Buchdruckerei Wagner GmbH, Nördlingen, und gebunden von Oldenbourg, München.
Den Umschlag gestaltete Ulrich Eichberger, Innsbruck.